每个瞬间都是你

〔韩〕河泰完 —— 著　陈品芳 —— 译

모든 순간이 너였다

国际文化出版公司
·北京·

图书在版编目（CIP）数据

每个瞬间都是你 /（韩）河泰完著；陈品芳译．——北京：国际文化出版公司，2021.7
ISBN 978-7-5125-1302-0

Ⅰ．①每… Ⅱ．①河… ②陈… Ⅲ．①散文集－韩国－现代 Ⅳ．①I312.665

中国版本图书馆CIP数据核字(2021)第068029号

北京市版权局著作权合同登记号：图字：01-2021-2782号

每个瞬间都是你

作　　者	〔韩〕河泰完	
译　　者	陈品芳	
责任编辑	李　璞	
策划编辑	王敬波	
特约策划	胡　峰	
出版发行	国际文化出版公司	
经　　销	全国新华书店	
印　　刷	水印书香(唐山)印刷有限公司	
开　　本	880毫米×1230毫米	32开
	8.5印张	150千字
版　　次	2021年7月第1版	
	2021年7月第1次印刷	
书　　号	ISBN 978-7-5125-1302-0	
定　　价	45.00元	

国际文化出版公司
北京朝阳区东土城路乙9号　　邮编：100013
总编室：(010) 64271551　　传真：(010) 64271578
销售热线：(010) 64271187
传真：(010) 64271187-800
E-mail：icpc@95777.sina.net

目录

| 序言 |

每个瞬间，能产生多庞大的情感 // 1

给夜里总是胡思乱想的你

1

暂时放下所有的担忧

P4____P71

给这个瞬间，正陷入爱情的你

2

属于两人的季节揭幕的瞬间

P72_____P135

给需要温暖安慰的你

3

在疲惫一天的尾声

P136______P193

给因为人、因为爱而受伤的你

4

再见——我的每个瞬间

P194____P259

| 后记 |

谢谢，占据我每个瞬间的人 // 260

| 序言 |

每个瞬间，
能产生多庞大的情感

原本，所谓的瞬间，

其实是由当下心中所产生的情感堆叠而成。

所以记忆里的每一个瞬间所想起的人、所感受到的情绪，都各不相同。或许也可以说我们的人生，就是不断创造着各式各样数也数不尽的瞬间。

其中和爱情有所牵扯的时刻，尤其令我们印象深刻。爱着某人的瞬间、心痛着送走某人的瞬间、思念着早已远去之人的瞬间，都属于这个范畴。

偶尔，会有比那些大小不一的情感更庞大的情感，将各不相同的时刻与情绪吞噬，只在我们心里留下整齐划一的情绪。而过去和曾经深爱到愿意用全世界去交换的人所分享的对话，或是与一起看遍四季更迭的宝贝情人共度的时刻，都是我们心中鲜活的瞬间。

你是否也有过珍贵到令你忘却其他时刻的“每个瞬间”？如果有的话，那每个瞬间所带给你的，究竟是多么庞大的情感？

我希望翻开这本书的每一位读者，都能够抱持和我一样的心情来阅读。如同我想着专属于我的每个瞬间来写下这些文字一般，我也希望各位能够一边思念着那占据你每个瞬间的人，一边阅读这本书。即使你现在并没有正爱着某个人也无妨。因为即使曾经历离别，但当时经历离别的对象，会占据着我们的过去、现在以及未来的每个瞬间。

这世界上，有许多关系能简单用朋友、恋人这样的名词来阐述。但就像已经分开，却还深爱着对方的关系一样，也有许多隐藏其中，难以用言语说明的关系存在着。

因此，我希望这本书中的文字，

能静静地，

渗入这世上的所有情感及关系之中。

时而讨人欢心，时而刻骨铭心地疼痛，

时而化作绝不可能战胜的空虚，

我们就这么继续活着。

怀念、静待着樱花纷飞

河泰完敬上

（给夜里总是胡思乱想的你）

1

暂时放下所有的担忧

每个瞬间
都是以你为名的存在

我希望你能幸福

希望你能少流一些眼泪

希望你能过着适度悠闲的生活

希望你能享有幸福的恋情

希望你能不再遭遇挫折

至今的每一个瞬间

都是以你为名的存在

盼你务必牢记

你在每一分每一秒

不知不觉地变得坚强

成为一个早已为享受幸福

做好准备的人

为你献上
微不足道的悠闲

你的步伐变得十分宽阔
你领悟了如何不对西沉的夕阳带有留恋
车窗外那不停呼啸而过的风景
令你深深吸了口气，再缓慢地吐出
我想仅仅是在平凡人生中，享有这微不足道的悠闲
似乎就能让人生变得十分富足

这份莫名的期待
蕴含了没有尽头的悸动
也令我再一次地
打从心底感谢在身旁停留的人

所以我们
或许会开启一趟旅行

此生未曾踏足之地的柏油路
相较于那片既有的沙漠
更令人能感受到如躺卧柔软草地的舒适
这份曾以为永远无法享受、得来不易的闲适
在这突如其来的旅行中，才终于绽放原有的光芒

或许唯有在旅行中
我们才能真正地
好好检视自我

可我们全都害怕耀眼的事物
但我们并不能就此闭上双眼
当倾泻而下的阳光四散，先前那对未知的恐惧
肯定会令我们露出微笑

或许我们的旅行
正是从那一刻开始

你，
很了不起

请不要对你的选择后悔

那一刻，那个选择
就是你的最佳决定
那就是最棒的选择

你确实很了不起

真心爱
自己的方法

希望你能立刻大步甩开
那些令你倍感痛苦的事物

希望你不要不假思索地
说出那些并非发自真心的话语

希望你能对那些看见你真正价值的人
经常表达感谢之情

这些，就是真心爱自己的方法

独自假装自在

总是如此。

虽然我说话很懂得变通、知道如何为人着想，有时非常自我，偶尔又有点自私，但并不是会习惯性伤害他人内心的人。因此，许多人一开始总是对我笑容以待，总称赞我真的是个好人。我喜欢这样的称赞，总努力地对他人释放善意。
但就到此为止而已。

我不断压抑着内心深处的骚动，接受、抚慰着他人的情绪波动。那样的情绪起伏，有时太过理所当然地向我袭来。

沉重的忧郁与稀松平常的开朗一再反复。
本只会拥抱他人伤痛的我，却不知该如何安抚自己的痛苦。

这样的我，这样笨拙、不成熟的我，令一开始因为我的活力而聚集的人们，很快转身离去。也因此纵使经过了这么久，停留在我身边的人仍屈指可数。或许就连此刻，我所相信的人，也早已将我彻底遗忘。

我认为自己是全世界，
最懂得假装一个人也很好的人之一。
因此，我总是这么说。

如习惯一般，如义务一般，我就这么不断失去。但我不会再重复相同的失误。因为我终于隐约明白，哪些人不该错过，以及究竟该如何去爱。

肯定会
遇见
好人

你可以
不必因为爱情而痛苦受伤

不需要主动靠近
只要跟爱你爱到至死方休，疯狂想接近你的人交往

跟不会因为联络的问题，而产生摩擦的人交往
跟连你那些细枝末节的小习惯，都能理解的人交往

不要因随口说出那些伤害他人话语的坏人而受伤
只要跟只对你一个人好，深深地爱着你的人交往

专属于你的人肯定会出现
不要因无谓的孤单而痛苦
不要因此随意和任何人交往

不要将“孤单”误认为“爱情”
任意将你的心献给别人

因为
你是一个
充分具有资格被爱的人

一切都会
好转

你只是尽自己所能

认真完成自己的职责而已

至于痛苦的事总是发生在你身上

这都是因为

未来会有更多好事降临你身边

你会变得比现在更加幸福

不要紧，一切都必定会好转

我们只需要尽情地拥抱这深沉的季节
将惆怅与无可奈何的沉默
一起埋葬

然后静静细数
不远的将来会降临的好事

搜集这些小小的喜悦，期待享有更大的幸福……
尽我们自己所能

想你

我很想你
即使只是暂时分开
但仍感到依依不舍
我的你

爱着某人
这件事

我啊，

原本非常讨厌、怨恨“最近”，但最近的我却过得很不错。

这都是因为你的香味，充斥在众人沉睡的凌晨时，凝结在夜晚的空气里；流淌在为了更安稳入眠而播放的歌曲里；占据了我入睡之后的梦境。这一切都令我感到心满意足。而我也终于能够过着幸福的生活，快快乐乐地过着每一天。

而这一切，

都是“因你”而起，

因为有你，我才能完成这些字句。

爱着某人这件事、成为某人所爱之人这件事，竟会为人带来如此妙不可言的感受，真希望我能早一点明白。当然，无论这份幸福究竟何时来到，那对象都非你不可。

久违地感受到凌晨空气的凉爽。因为我说喜欢凌晨，所以你也兴奋地说自己喜欢凌晨的味道，那副模样真是可爱至极。

最近我仿佛成了天文学家，喜欢在这个时间点抬头仰望星空。虽不知究竟是什么原因，就只是这样，真的“就只是”开始不断寻找美丽与耀眼的事物。或许这是过去阴沉灰暗的我，因你逐渐变得开朗的过程，一想到这一点，我便继续像习惯般地寻求这些事物。我也不太清楚。

谢谢你今天也拥抱了我的凌晨。
因这份感谢而笑逐颜开的你，真的很美。凌晨的此刻，仿佛演奏出一段美妙的钢琴曲，飘荡着春日的气息。

虽然有点难以理解，但对现在的我来说，最应该烦恼的事情，是还有什么对我来说不美丽。此刻的幸福对我来说不再是奢侈，现在我最想见的人，你一定知道是谁。今天的你，比我所知的任何一种美，都要美上好几倍。

不，
你今天也一如既往的美丽。
任何事物都无法比拟。

你是
唯一

如果将那些不明白你真实性格的人
为了伤害你而刻意说出的话语

放在内心深处的话
最后被击败的将会是你自己

所以请你务必
别被击败
不要受伤

那个
令我想
献上一切的人

当遇见一个

令我想将整颗心献给他的人时

总会有人问我说

这些事情都还不能确定

你为什么要赌上一切

我会笑着回答

“就只是……就只是因为我喜欢他”

谁知道呢？

这或许是一生一次的相遇

或许是一去不复返的时刻

奇特的
日子

偶尔会有这样的日子
无论被谁拥抱，都会立刻落泪的日子

但有趣的是
每当这样的日子来临时
我身边却空无一人

真的

最近
累得
令人起疑吧？

最近，累得令你心生疑惑吧？

他人无心丢出的几句话伤了你的心，那些明明能够一笑置之的伤口，却倔强地留在那儿不肯离去。躺在寂寞满溢的冰冷房间里，挨过每个凌晨的日子渐渐增加。莫名怀念起那些不愿再度经历的过往，内心的某个角落变得千疮百孔。但越是这样的时刻，越希望你能记得一件事。

即使你现在，
好像凄惨地哭着、被击败了。
但绝不会因为这样，
就使未来的幸福与机会消失殆尽。

你知道吗？

樱花盛开的时候固然美丽，但力气用尽后掉落在地面上的瞬间，却更加迷人。
而你是已经尽了全力，像美丽樱花般掉落在地面上的人，现在只是你再度开出全新花朵的准备期而已。

虽然不知道你是谁、叫什么名字，
但我总觉得，你一定是个很酷的人。

你只需要
像花一样
盛开

你走过的路都是春意盎然

你所见的一切都温暖和煦

你所做的一切都明亮耀眼

你

只要在其中

如花一般

盛开

就好

某个
春日的
散步

因为今天天气实在太好
所以我罕见地走到了户外
经过了公寓社区，到附近的小学绕了一圈
可能因为正好遇上午餐时间，孩子们开心的笑容
也静静地在每个街角绽放

虽然我的视力非常不好，但我还是刻意不戴隐形眼镜
我想，这也是让我能够尽情品尝
空气中隐约的春日气息的原因
虽然我并不觉得自己走了很远
但走着走着，不知不觉间我所住的公寓
已经成了矗立在远方的黑色阴影
我就这么走了好长一段路

突然间，我觉得是时候该折返了
于是转身往回走
我刻意不走原路回去
而是过了马路，从对面往回走
和方才走来的路不同，或许是照得到阳光的缘故
那些宣告春天来临的花朵引起我的注意

虽然我的视力并不算太好，但还是想仔细欣赏这样的美
我从口袋里掏出手机照相
或许是因为这里很温暖
我看见那些象征春天的樱花早早盛开
而五彩缤纷的美丽花朵也装点着整条路

我忙着用照片记录下这一切
不知不觉抵达了家门前
莫名的惋惜令我依依不舍
但我还是将一切抛到脑后，迈出了步伐

回到家中，我静静地看着那些照片
以及深藏在心中的风景
下意识地感叹着“啊，真美”

这世界上

有数也数不尽的美丽

但我相信这些微小事物所带来的美

真正具有

撼动人心的力量

虽然并不是很有意义的文字

但因为今天记录下了太多的美

我本着想和更多人分享的心情，写下了这段话

春天啊

令人学会如何去爱那些停留在身边的事物

令人学会如何去爱那些逐渐被遗忘的事物

是令人想要学会珍惜的季节

让我开始想要成为一个好人

是让我懂得去爱的季节

春天草地旋律

我们只是手牵着手
行经某个春日的草地
一步、一步，都流泻出温暖的音乐

兴奋雀跃

爱情甚至能让普通的杂草
摇身一变成为发出美妙声响的乐器

你已深藏在
我心中

初见你时天气一点都不热，
那或许是非常凉爽的时节。

虽然在人群摩肩接踵的地方相遇，你的样貌却那么耀眼，你的微笑至今仍深深烙印在我的脑海中。真是神奇对吧？只是一个普通的场景，却让我仅仅只是想起你就双颊泛红。

当然，初次见面总是尴尬的。

当时我有点……不，我应该是紧张得甚至没发现自己同手同脚。或许只有我自己在那儿惊慌失措，双眼不知该看向哪里，但现在这些都不成问题。

自从我习惯性地开始担心起你之后，自从你对我来说不再只是“你”之后。

我想和你在一起，
想和你一起体验的一切，
就不再是多么特别、多么了不起的事物了。

像是手牵着手，漫步在社区的小喷水池边；像和老友见面一样，穿着舒适的服装赴约，在社区的小餐馆里互相喂食。想和你一起躺在有一点阴暗的空间里，望着微凉的户外，喝着温热的巧克力。只要这样，我就觉得很幸福，就能够说我将你深藏在心里。

始终如一
的人

我想
始终如一的人才是最好的

不是不再像以前那样
对我投以关注的人

也不是仿佛随时要离开
令我感到不安的人

我们
别分手

我们别分手

约定好即使是在梦里，也不会轻易说出分手这种话
因为急躁的心
而不经思索吐出的话语

别让自己一再后悔
度过那些
掺杂着无数留恋的
空虚时光

今天也
谢谢你

这是第一次对自己以外的人，
产生这样迫切的渴望。

你的每一个表情，对我来说就像季节更迭，你望着我笑的那些日子，令我心情飞扬，令我宛如触摸到了虚幻的彩虹。至今我投注在所有关系上的努力，都是尝试尽力隐藏自己的心意，但现在不同了。
只要有机会，即使扯开我的胸膛，我也想将自己的真心展现给你。
我就是如此地珍惜你。
还有，你知道的，

我从来不曾憎恨或渴望改变我天生的个性。

但认识你之后，我开始厌恶这内向的性格。想要更爱你一些，想更明白地让你知道我现在真的很喜欢你，却做不到。你闷闷不乐地看着我，安慰我说你都明白，会愿意一直等我，但我的抱歉却如涌泉一般涌现，我真的很不喜欢这种感觉。

你的可爱，
无法用三言两语道尽。

任何形容词都不足以描述你的好，无论发生什么事都不会改变，什么都不会改变。所以，我十分确信自己有想和你共度一生的想法。即便物换星移，唯有这点绝不会改变，我答应你。

今天也谢谢你。

谢谢你喜欢我，祝你有个好梦。

自信与
乐观

虽然这好像没什么
但如果现在你的期待落空

“反正我一定会成功”

这样的想法
是最重要的

这种自信与乐观的想法
最后肯定会带你
抵达你期待的目的地

偶尔放下担忧
随心所欲地过活

偶尔就随心所欲地生活吧。不要在意他人的目光，顺从自己的想法。试着抛开让你熬了几天几夜的课本，呆望着高挂空中的明月，即便那月亮被云雾遮蔽着。

比起盯着书本中令人心生厌倦的文字，
这或许会让你觉得更开心一点。

不要紧，成绩、证照并不是一切。即使待解的课题仍堆积如山，但那又如何？打电话给会和你一起静静躺着虚度光阴的朋友，相约去喝杯啤酒，再点个炸鸡来配酒。对了！重点是你有了喜欢的人，想要请朋友听听你的烦恼。

那真的没什么。拼命用功到现在、为了累积经历让履历表更漂亮而努力、习惯于当职场上司的出气筒，和这些相比，区区一瓶啤酒以及和朋友的闲聊，算是一种奢侈吗？不。你有享受这一瞬间的资格。

究竟要到什么时候，
才能摆脱那些因为担忧不明确的未来，
而使我们过得胆战心惊的生活？
当下的我们，尽情享受当下才对。

如果真的觉得不放心，那就在裤子口袋里放一支笔，借着笔让自己产生“我一直到刚刚都还在读书，只是暂时休息一下”的想法。别想得太复杂，只要一天就好，拿着鲑鱼寿司到一望无际的公园走走也无妨。并不是一天不去上课就要去坐牢，也不是一天不去上班就会立刻跌落万丈深渊。

但如果都这么做了还是感到郁闷的话，就去附近的投币式卡拉 OK 吧。贡献出口袋里的一千韩元纸钞，尽情嘶吼一下。即使唱不好也没关系，你又不是歌手，不需要在意。如果擅长唱歌，那就带着“早知道我就去当歌手，怎么会沦落至此”的想法放开去唱，直到你的压力都释放为止，直到你开始有了“我好像还蛮帅的喔”的想法为止。

试着去生活，试着过得像个人。
你忙着上大学、忙着就业、忙着追逐梦想，
如果这样的你还不帅气，
那究竟怎样的人才叫帅气？

阅读这段文字的你，肯定是个很帅气的人。放着该做的事情不做，去玩手机的你；一想到明天要上班就头痛，只好偷看一下手机的你；睡前应该再温习一次，但放着书不读，跑来看这段文字的你：我觉得这样的你既美丽又帅气。我很羡慕，你居然能够这么洒脱。

即使你在艰困的生活中日渐疲惫也无妨。无论如何，你都没有放弃，一直用自己的方式坚持至今。我为你加油。虽然不知道你的长相、年龄、性别，但还是为你加油。我真的很珍惜你，因为你拥有比他人更亮眼的色彩，这样才能够描绘出更加出色的画作。

去做你想做的事吧，
无论做什么都会成功的你。

你的一天
并非毫无意义

说着今天一天很没意义
责怪着自己的你，很令人担心

只有这一件事
你一定要知道

你好不容易撑过的今天
绝不是毫无意义

因为即使没有完成任何事
你今天也尽了全力
拿出你最好的表现来面对

认为只有结果重要
过程一点也不重要的想法
虽然就是我们这个世界的准则
但这个世界上
肯定有明白过程有多么珍贵
明白你有多么珍贵的人存在

有像我这样子
因为你表现出害怕的样子而担忧
认为你确实很棒的人存在

所以希望你不要有挫败感
你的每一个瞬间都并非毫无意义

真正的
幸福

在想念的季节
和想念的人
手牵着手
去看看想念的事物

那或许就是最大的幸福

不能错过
的人

千万不要错过
无论你以什么样的面貌出现
都不会有任何偏见
会真心面对你的人

这样的人
未来会一直支持着你
会一直为你加油

希望你幸福

我真心希望你能够幸福

真的如字面上的意义，是“真心”的
不是因为有钱
不是因为有钱能为所欲为而感到幸福
而是打从心底感到幸福

当然，在金钱上富足
能够做尽想做的事固然很好
但这样获得的幸福绝对不长久

所以我希望你
可以跟所爱的人谈一段热烈的恋情

每天都过着怦然心动的生活
别跟重要的朋友吵架
友情长存
家人健健康康
绝对不要生病

希望那些你所遗忘的
生命中琐碎的事情
能够让你经常绽放美丽的笑容

希望你能成为我所认识的人当中
笑得最美丽、最幸福的人
这是我真心的期待

因日常生活而疲惫的你必读的文章

希望觉得最近的生活实在太残酷的你，一定要知道一件事。

那就是当你因为那些没能解决的烦恼而受伤、而感到孤单时，时间仍在流逝。时间流逝的同时，也不知不觉洗去了你的伤痛。

所以我希望你别责怪自己。
也不要跑到某个地方躲起来。

即使倾注了许多努力仍没有人关注你的梦想与未来，即使朋友们毫不留情地转身离去，即使旧情人不做任何解释就离开，也不要认为这是你的错。

当然，你身上的这些伤口，其深度与大小我不得而知。但无论在什么情况下，你都是能够梳理这些混乱的人，即使这些伤口会令这个过程十分孤独。

但你确实是个很坚强的人。
你可以撑过这一切，这一点我毋庸置疑。

也就是说，在这段时间当中，你只要别想到“放弃”就好，即使一时摔倒也真的没关系。那些暗中在身边为你加油的支持者会将你扶起，别担心了。现在你心里，有的只是格外厚重的黑暗，但度过了这寒冷的季节，充满花香的温暖春日肯定会再度来临。

名为试炼的
高墙

现在你眼前
有超出你能力范围的问题之墙矗立着
但请不要想转身往回走

这种时候
就好好比较一下过去与现在的自己
想想当时认为自己绝对做不到的事
现在是否已经能够轻松成功
想想当时完全不懂的知识
现在是否已经完全内化成为你的资产

现在你面前的试炼也一样
虽然看起来绝不会被打倒
但试着冲撞、试着受伤、试着摔倒
对往后的你来说
它会成为只要轻轻一跨就能越过的矮墙

不要有挫败感

只是因为这样的想法
你就已经十分耀眼

在瞬间尽力做到最好

不要害怕靠近你的事物
日常生活中不要拖拖拉拉
不要因为过去的回忆而心痛

最重要的
是在爱情里不要算计
每一刻都要尽力

仅仅是
遇见好人

仅仅是遇见好人
就会让那仿佛要崩溃的心
信心十足地重拾坚定

好人所散发的气息
一定会化作温暖的支持
包围着你

时机

你可能不相信
但即使不刻意去寻找爱情
它也会自动来到你身边

当这种时机来临时
只要你能够一眼认出、不要错过
那这突如其来的爱情
就会让你拥有人生最棒的时刻

谁知道呢
或许那个时机
早就已经
在你身边触动着你

人生的理由

有时候会在意想不到的地方，感受到微小的幸福
即使当时的状况，实在让人笑不出来
但那种来自细微之处的美丽依然存在

或许我们的行为与想法
都有着各自的色彩

即使累得想大哭一场
但那些令人莞尔一笑的行为

这样说虽然有点夸张
但那些行为确实帮我找回了活下去的理由

爱

你，真的很可爱

不需要

多余的形容词

你会成为最后的胜利者

每一件事情
如果都贪心地想做到最好
那肯定会因为压力无法获胜
从而产生挫败感

过犹不及
你只要尽力就好

那些指责你能力不足的人
都是只会往低处看的人
你只需要继续
尽自己的能力做到最好
这么一来，你就会一点一点慢慢往上爬

毕竟最重要的

是在那个瞬间、那个情况下尽力做好

即使输了也没有关系

只要持续抬头向上看，一点一点进步

最后获胜的人

肯定是你

对感情坦率

当对自己想念的人
无法说出想他这句话

以及对自己所爱的人
无法说出爱他这句话时

我在想，对自己的感情坦率
究竟是多么困难的事情

恋爱
要跟这样的人谈

我想谈这样的恋爱：即使并非每分每秒都很心动，但仅仅是一次的拥抱，就仿佛能洗去一天的疲惫。两人一起吃着日常料理，当我说今天天气真的很冷时，对方会说那我们可以紧紧抱在一起取暖，用这样的言语，让当下那一刻变得无比温暖。还有每一次要分开时，会因为不舍而紧握着对方的手不放。我想遇见一个如松软棉花般温柔待我的人，每天带着轻松的心情过幸福的生活。希望能一直爱着对方、让对方欢笑，让这份幸福不要破灭。

长长久久。

可以的话更希望能永远不变。

怀念过往的
事物

怀念过往的事物

那是当时延续至今的留恋

还是现在所遭遇的失望呢

像孩子一样
去爱

唯有爱情
令人不想变得成熟

想要一再争吵至令人生厌
不想隐藏不安的心

所以
唯有面对爱情
要不懂事
要像个孩子

如果想成为美得令人哭泣
却悲伤的电影主角

我好像真的一无所有

没有爱情、没有喜欢的音乐
没有喜欢的颜色、喜欢的季节

如果你想要成为
一生一次的浪漫爱情电影里那个
美得令人哭泣却又悲伤的主角

那么就该从现在开始去爱

想炫耀自己恋人的人

和无论到哪里，都想炫耀自己恋人的人谈恋爱，应该是件迷人的事。我说的是手机待机画面设定成自己恋人的照片，时时刻刻和身边的人炫耀、焦急地想把恋人介绍给自己的家人，或是跟朋友喝酒时，在某个时刻大大炫耀的那种人。

想要向别人炫耀自己爱人的那份心意，或许是理所当然的，但我们必须明白，在那理所当然之中的心意究竟是多么美丽。

当恋情成真
的时候

爱情
真的是电光石火般的事情

差别只是在于
你是帅气地把握降临你身边的爱情
还是一脚踢开那份爱情

就只是这样而已

（给这个瞬间，正陷入爱情的你）

2

属于两人的季节揭幕的瞬间

我们要
幸福

今天真的辛苦了

今天的天气似乎比平常更阴沉

听说最近感冒正在大流行

希望你不要生病

能够笑口常开

因为有美得不像话的你
今天一天对我来说
才会是美得不像话的一天

希望未来也能这么美丽
我们要一直幸福下去

你对我来说

你对我来说是这样的人：
一起度过的每一个瞬间都极具意义，想对彼此说的话多得夸张，一旦打开话匣子便会忘记时间的存在。不光是饮食喜好，连喜欢的音乐、喜爱的季节也全都一样。不是那种觉得好像该谈个恋爱而交往，而是因为非你不可的迫切而交往的对象。

我的意思是说，你对我来说，
是我想毫无保留献出生命的人。

那些会让人难以启齿的过去、爱着你的现在、依然爱着你的未来，我都想完整地献给你，你对我来说就是这样的人。

我们只要做
这个约定就好

现在我们仅仅是视线交错，就会忍不住笑出来，光是牵手，就会心跳不已对吧？但随着时间流逝，我们熟悉彼此之后，肯定会遇上即使视线交错、牵手，也丝毫不心动的时刻。

若那个时刻真的来临，届时希望我们不要认为这是因为不爱对方了。
那只是因为太过熟悉，而那份熟悉感，是上千次心动积累而成的真爱。

所以，未来我们也要带着这份与众不同的美丽自信，毫不后悔地继续爱下去，我们只要做这个约定就好。

让我放心自在的人

我想和能让我放心自在的人交往

是仅仅待在同一个空间里
就能成为慰藉的人

周末下午
在阳光普照的社区咖啡厅
找个角落坐下
可以一起聊上好几个小时
不特别去做什么事
就能以温暖填满那个瞬间的人
我想和这样的人交往

希望你是一个当我遇到挫折，或是生活变得一团糟时
能以温暖胸怀大大拥抱我的人
能把自己的事情先搁置一旁
全心全意关注我的状况

会说“无论发生什么事，我都一定站在你这边”
能为我的内心带来平静的人

唯有爱情，能让难以恢复原状、残破不堪的人生
脱胎换骨成为全新的白纸

仅仅是面对着自己所爱的人
就能让我重新找回早已遗忘的单纯

笨拙的
开始

无论如何，今晚一定要在空气美妙的夜里散步

在比我肩膀稍低一点的位置，你的发丝摆动着
使那寂寥的夜空逊色了一些

如同高挂在夜空中，绽放光芒的月亮和星星
你的眼、鼻、唇，无一不耀眼

我想，我的运气真的很好
我觉得你好可爱，不，与其说是可爱，不如说是有趣

啊，我讲得太简单了
我的意思是，你总是能让我面带微笑

抱歉
关于你的一切，我还有点生疏

第一次见到你的瞬间

我害羞地
将视线定在你身上的瞬间
那似乎就是爱情

记住

记住

你的今天

绝对

不会毫无意义

过去
就只是过去

对过往的留恋
以及许多心痛的原因

大多是因为和此刻的自己相比
当时的回忆实在太过美丽

还是想着未来将开创的幸福吧
过去就只是过去而已

致令我
神魂颠倒的你

与其说我变得比较温和，我想正在恋爱会是更合适的说法。除了想着、谈论着、触摸着对方之外，我对其他的事情丝毫不会产生兴趣。

这确实是爱。

如果想在人生中享受妙不可言的体验，那这是不可避免的情绪。这样的我，为了延续这份爱情，该做些什么才好？

我将自己所拥有的时间与空间，毫无保留地与她分享，一有机会就握紧她的手。除此之外，我不会浪费任何一个瞬间。这是我最大的努力，也是我真心去爱他人的方法。

跟对金钱的欲望相比，

我本来就是个更渴望爱情能细水长流的人。

我只是个差点就要忘记这件事的普通人。

我只是一个尚未将这件事完全抛诸脑后的人。

所以昨晚我在梦里，看见未来的我们紧紧相拥，露出全世界最幸福的表情。这些字句，代表了我因那个梦而激动不已的心情。

谢谢你
爱我

真的非常感谢这么喜欢我的你。

谢谢你对我笑。
和你见面的那天，为了等过着一般上班族生活的你，我刻意配合下班时间来到公司前，而你以开朗的笑容迎接我。用这样的笑容，来安慰因为天气太热而小小闹脾气的我。

当我看着你时，你像个害羞的孩子一样躲到我身后，那样的你实在太可爱。在你像乌龟一样把脸藏起来时，你微微露出带着微笑的双眼，那样的你真是令我感激。

不知为何想说谢谢，仅仅是因为你爱着我。
就只是因为你，
成为对我来说最特别的那个人。

因为你让我开心，所以感谢你。

我们开始恋爱之前，还是朋友的时候，你看着挂在我手上的手环称赞“真的好美”。也因为想起你当时那句话，我又买了个一模一样的手环，当作我们第一次约会的礼物。

其实这并不是很稀有的东西，价格也不是太高，可当你收到那个手环后，整天盯着戴着手环的手臂，像口头禅一般反复地说着“手环真美”，无数次向我道谢。这样的你，还担心自己不会表达感激，害怕伤害到我。

我真的很感谢这样的你。

懂得感谢琐碎的小事，
善良到懂得因琐碎小事而感到抱歉的你，
再一次让我感激。

谢谢你担心我。
某天我们用通讯软件分享日常的时候，你突然说“我希望你不要离开”。我问你“为什么突然有这种想法”，你回答说“因为变得太喜欢你了，突然感到不安，开始胡思乱想……”
这些话对你来说可能有点不好意思，但我真的很感谢你有这么不成熟的担忧。是它们让不擅表达爱的我知道我们的关系究竟有多么深厚。从现在开始，我会努力让这段越来越深刻的感情别化为乌有，我会用尽全力地向你表达爱意。

让你不会，
再因为这样的不安，
而夜不成眠。

所以我很感谢你。
不计代价地爱着有这么多缺失的我、这么不好的我，真的很感谢你。
所以我跟你说，对我来说，你是即使要我用四季去交换，也毫不感到可惜的人。

这样的
恋爱

我想谈这样的恋爱

分开时也能不输给在一起的时候
彼此毫无保留，懂得珍惜对方的恋爱

现在该谈一段承认彼此的成长背景和经验有所不同
为了配合彼此而努力的恋爱

就连彼此最放松的样子，也能毫无保留地接受
比朋友更像朋友，在一起的时候充满乐趣的恋爱

没有任何谎言

能坦率地向彼此述说真心

我想谈这样的恋爱

如果是和你一起面临的黑暗

“一个人能够爱另一个人到这个程度吗？”
这样悲哀的想法一瞬间吞噬了我

面对你的时候，我就像吞下了尚未熟透的青苹果
满嘴酸麻，全身颤抖

在一切都背弃我时
你毫无保留地向我伸出了那双代表真心的手

来到我那被黑暗笼罩的世界
化作窗帘，摆动自己的身躯

接着名为你的光芒自缝隙中泄漏
毫无保留地照在我的身上

你确实
是我所相信的爱情

如果和这样的你一起踏上旅行就是黑暗
那么我似乎不必汲汲营营于寻找光芒

就连对那从不发光的月亮
似乎都不再感到怨恨

现在开始会有
好事降临

你最近怎么样

感觉你正过着如果有人轻拍着背安慰你
你就立刻落下眼泪的每一天

如果有人笑着说现在的烦恼都会顺利解决
你应该会觉得这样的心情一点都不陌生

虽然不知道现在困扰着你的烦恼究竟是什么
但我相信一切都会顺利解决

纵使一切无法随心所欲，那又如何
“悲伤”之后，肯定会有“幸福”到访

至今一直看着他人的脸色
因为消极的心态而蒙受损失
总为他人作嫁的你

现在
总会有些好事发生在你身上了吧
不要紧，真的一切都会好转

对，
这就是爱

你昨晚究竟漆上了什么色彩
怎会以那么开朗的表情
像株含苞待放的花一般在我眼前盛开

抿嘴笑着伸出手掌的小猫
哗啦啦在客厅散落一地的叠叠乐

和带着微笑猛然抱住我的你相比
都称不上是平凡的美丽

所以，就在我们两人之间放一盘橘子吧
这样我们肯定有机会碰触到彼此的手

届时，我们就偷偷地跳过秋天和冬天
在春天时睁眼

然后像原本就相爱的人一样
毫不羞涩地亲吻对方

配合小猫的叫声
确认一下对方究竟是谁

对
就是这个
这就是爱

漆上
温暖色彩的心

时间像电影一样不知不觉流逝，这次的见面，随着我们约好下一次见面的时间而告终。可爱的相会之后总有些惋惜，但那份惋惜又与美丽有些相似，我下定决心，未来的每一次相会，都要以微笑回报。这是十分满足的一天，虽然我对那些未能为你做的事情感到可惜，但另一方面却也觉得有些庆幸。

对我来说，
你是未来还能付出大把爱恋的存在，
是真正能证明我心意的证据。

所以，我能够爽快地认同，此次会面留下的遗憾，其实也是一种美丽，或许这就是我小心翼翼爱惜着你的方法。

你的每一句话，都散发着浓郁的香味，即使急忙地堵住你的嘴，但那些话语仍深深地渗入我心里，与你对坐分享谈话时，我感觉世界像是百花盛开般缤纷亮丽。也因此，我偶尔会像要把你的脸看穿一样盯着你瞧，不晓得笑吟吟的你，是否知道个中缘由。

因为喜欢你的笑容，所以我又看着你的脸。或许你是知道我的用意的，所以你才露出超级可爱的害羞模样，才会用比可爱更可爱的行为填满这个时刻，才会以美丽的表情，用“我爱你”这句感动的话语称赞我。

离开心爱的你，带着有些疲惫的身躯坐上公车，公车里人群的气息十分浓郁。公车在路上开着，而我为了听最近喜欢的歌曲，从包里翻找出耳机戴上。那小巧的耳机里流泻出的音乐，与你的气息太过相似，让我不得不快速遮掩自己绯红的双颊。

好不容易压抑住害羞的心，窗外黄澄澄的路灯从我经过的路上呼啸而过。即使是接二连三呼啸而过的一般路灯，对我来说都像和你相会的余韵一般，浓长且美丽。

所以啊，
就连你不在我眼前的那些时刻，
我脑海中都充斥着你，
一切的一切都因为有你，才有了意义。
我就是这么爱你。

回到温馨的家中，放下行囊，我轻坐在床上，床边的角落也令我毫不犹豫地想起了你。下意识地看了一眼镜子，我的脸上充满了你的痕迹。我格外丰厚的下唇，似乎还残留着你淡淡的香气，我只能咬一下嘴唇来满足自己的惋惜。

变本加厉的我半躺在床上，想要更清楚地想起你，觉得你对我来说，真的是无可取代的重要之人，令我再一次感谢起天地万物。然后我开始自言自语。

在未来的生活里，我似乎能够用温暖的色彩，画出我们的故事，未来将不会再有黑白混杂的寂寥场景。

我的爱情萌芽，
因你的存在成长为一整片森林，
我们拥抱着众多事物，
这让我们变得更加温柔。

我的人

在人际关系中
一起度过的时间并不重要

即使是前天才遇见的人
也可能是了解我的难处、向我伸出援手的人

有一个这样的人在身边
才是最重要的

想
有你陪伴的
季节

想和你一起，永远活在夏天里

温暖和煦的阳光洒落
吹着凉爽清风的夏天，我不喜欢寒冷
既然都这样了，也希望我们可以不要懂事
我们可以一直热情下去
嗯，冰冷的表情并不适合我们
亲吻还在咀嚼白饭的你，这样的玩笑似乎也能持续到永远

所以，我们一直在一起吧

让我们能在每个早上睁开眼时
最先看到的人都是彼此
即使偶尔冷却一下好像也没关系

不，我不是这个意思

偶尔是春天或秋天也没关系吧
毕竟随时都很热情也可能是种问题

没关系，什么都不会改变
我对你，以及你对我的爱情

活在永恒盛夏中的我们
或许，死了也都要爱
但我喜欢

想去旅行

最近和朋友的对话

总是会出现

“真的好想去旅行”这样的内容

这代表最近的生活

真的令人十分郁闷

只是用“想逃到哪里去”这样的话

来表达烦闷的心而已

如果遇上什么事
都不顺心的时刻

说好要做的事却意外地不顺遂、原本相信的人接二连三地背叛，让你陷入难以挽回的混乱之中。独自一人承受这些，对身边的人诉说烦恼，得到的也只有“人生就是这样，你就这样想吧，别太放心上”这种毫无意义的回答与反应。

一想到这些无法解决的烦恼，会延续到明天、后天，延续到遥远的以后，毫不停歇地折磨着我，我脑海中那些无论如何都要解决烦恼的意志便会慢慢消失，最后我便会选择放弃。

最近是令我不记得上一次大笑是什么时候、感觉到幸福是什么时候，甚至令我很容易察觉到，自己开始习惯性说出“无论是哪里都好，好想去旅行”这种话的一段时期。

你所走的路
就是正确的路

最近应该过得很疲惫吧

如果有人拍拍你的肩

说可以不必继续努力了

那我想你应该会立刻放下一切

有人曾说过

只想给爱人看到自己最好的一面

想要展现自己可以战胜一切的一面

想要祝贺比自己更顺遂的朋友

但同时又不知为何感到羡慕嫉妒

这一切都是理所当然的事情

只要是人都会这样

可以不必太过担心

“我错了”“我的答案不对”

这种想法没有也罢

即使“加油”这句话

感觉就像奢侈

即使想要的事物

在太过遥远的彼方

也请别放弃

慢慢地，一步一步走下去

那就是正确答案

那就是

最正确的道路

现在你认为有问题的这条路

你走了好久好久的这条路

就是正确的道路

当然，这毋庸置疑

总是
为我着想的人

要把总是将我放在第一顺位的人
留在身边

总是认为
和我的约定最重要

总是好奇我的一天
总是为我着想的人

想要
这样的恋爱

不知从什么时候开始，恋爱时好像比较不会去在意对方的外表或能力。

反而更喜欢一张会笑吟吟看着我的脸孔；喜欢对方会幸福地吃下我喂的食物；喜欢结束各自的工作之后，在社区的公园里见面，喝罐爽口的啤酒，享受单纯的小幸福。炎热的夏天，在开着空调的凉爽房间里，看着颇有气氛的电影，再有几包零食就完全没问题的自在恋爱。

在彼此的生命中成为对方的一切，

也丝毫不会感到不自在的恋爱。

凄凉的
瞬间

如果说活到现在，都不曾有过凄凉的瞬间
那么也真是有些悲哀

如果没有在下雨时会想起的画面
如果没有在下雪时会想起的画面
若樱花盛开时、落叶飞舞时
都不会想起任何事，那真是悲哀

对你来说
是否有过身体麻木到
什么也做不了的凄凉瞬间呢

除了我自己之外，
最重要的人

在这混杂的人生中
在完成个人职责的道路上

蓦然间
思索着“他现在在做些什么”
除了我自己之外
最先想起某个特定的人这件事

只是这一点，就足以称之为爱情

比起转眼即逝的心动，现在更重要的是熟悉感

比起心动感，现在更重视熟悉感。

有了想看的电影，理所当然会一起去看；有想吃的东西，理所当然会一起去吃；找到喜欢的歌曲，会第一时间分享。

即使分享平淡无奇的一天也不会感到无趣，可以享受每一天的珍贵熟悉感。以前我总是努力寻找全新的悸动，但现在更重视在这繁杂世界中，能成为我休息港湾的熟悉归属。

我已经将带给我安乐的你，视作最珍贵的宝物，未来也想在这熟悉感之中，永远地爱着你。

我们不是擦身而过的怦然悸动，
而是能永远回忆的稳固爱情。

拥抱万物生机
唯一的你

从吞噬一切的事物中将你拯救。

在腾腾雾气中嘀嗒作响的秒针、荡漾的江水，我想将一切都送给你。我想为这世界漆上生机盎然的绿，带着眼前的一切事物都与你十分相似的想法入睡。也想将从这些事物中感受到的生气含在嘴里，用来尽情爱着眼睛眨个不停的你。

能够触碰到我的，只能是名为你的存在。我所知道的爱情，就只是你和我互相凝视。

伤痛

不能将自己的困境当作借口

给在身边支持自己的人
留下难以抹灭的伤痛

对方的理解、对方的忍耐

都只有在你是“我的人”时才可能发生

理想型

因为自信心不足
所以我的理想型
自然地成了能提高我自信心的人

是会告诉我说无论从事什么工作
我都一定会成功的人

是会用好听的话语
称赞我的外表的那一种人

爱女朋友的方法

爱女朋友的方法有好多种
其中有一种最常见、最普通
但很多男人却难以实践的方法

那就是在日常生活中极为平凡的对话里
掺杂一些关心的话语

比如说当女友问睡得好不好时
可以回答“嗯，我睡得很好，你最近好像睡得不太好，
总是睡到一半醒来，今天有睡得好吗”
提一些很琐碎的事情
用发自内心关心的回应
带给女友小小的感动

女人面对这样的情况时会有这样的想法：

“啊，这个人连我日常生活中的小事都不会错过，会记得一清二楚。”

“身边有一个真正关心我日常生活的人。”

她会因此开心
也会觉得自己是个被爱的女人

和这样的人
交往

请和能把话说得很漂亮的人交往

不要和会习惯性说出伤人话语的人来往

最重要的
是会用喜欢你喜欢得要死的表情
和你说话的人交往

放下
担忧

虽然总说要放下担忧
但我们都知道
放下担忧这件事情
比下雨时不撑伞还要难

我不会强迫你
不会强迫你一定要放下担忧

只求你不要太痛苦

春天
并不是
非要温暖不可

春天
难道是一定要心动、一定要温暖
一定要有什么萌芽的季节吗

不
对我来说，春天这个季节
只是会立刻想起凄凉
想起很多痛苦的季节

是一定会有什么
从我身边离去的季节

大部分的人在度过幸福的春天时
我却因为这不是秋天也不是冬天
而顶着一张憔悴的脸
撑过每一个时刻

你知道的
如果有人问我
最适合离别的是哪个季节
我一定会立刻回答是春天

所以我从现在开始，要把春天一分为二
前面那一半分给冬天
后面那一半要分给夏天

在只有夏、秋、冬的世界里
我再也不会失去任何人

草率的
期待

无论是什么事情

草率的期待都会带来坏处

和人与爱情相关的事情

更是如此

夏天的尾声，
那个早晨

现在已经是秋天了

早晨冷凉的风，愉快地扫过脸庞

颜色美丽的高空

让人变得很想和心爱的人见上一面

季节更迭、令人心痒难耐的时分

心爱的人

仿佛

变得更加可爱

永远
不变的你

我每一天，都更爱好像永远不变的你。最近我有了一个小小的心愿，就是希望这永恒的气息能停留在我身边。我也想把身边的这份永远，送给你当作长久的礼物。

现在外面已经是秋天了，进入了我们整天黏在一起也没问题的天气。

现在，清晨躲藏在窗户缝隙的阳光之中。

有你的身影，

自房门外传来。厨房里的锅碗碰撞声之中，

似乎也充斥着你的气息。

还有昨天啊，我真的很想很想你。仿佛从数条斑马线之外的孩子们的笑声中，都能听见我们幸福的未来。

因为你在我身边，
在这个小小世界，
才能有巨大幸福。

万里无云的晴空，秋日的阳光如吉他旋律般温柔流转，我想将我的心以及一切，都装在一起送给你。只要可以，我就想演奏这段音乐给你听。

总之，今天我很感谢不计代价接纳我的你。想和你一起平凡地在草坪上散步，想牵起你小巧的手，来一趟不在计划里的旅行。
因为我曾说过你皱着鼻子的表情很美，所以你就把一整天都做着那个表情的照片送给我，我真喜欢这样的你。

现在这样的生活真的很棒。好像回到七岁时，在妈妈面前撒娇的自己。
只要你在我身边，这份莫名的安心就让我仿佛可以放下一切困难，像个孩子一样奔跑。

谢谢，给我一个机会能这样深深爱着某人。让我从假装自己是别人的谎言中，走进懂得等待季节变换的生活里。

谢谢这样的你，
我多爱这个季节，就有多爱你。
不，或许比爱这个季节更爱你。

很快就要进入真正的秋季，届时又会遇见多美丽的你，我想我得从明天早上就开始期待。

因为现在还只是在与夏天争吵的初秋而已。

很想知道此刻留在我身边的人，会一直陪在我身边到何时

我还是觉得人际关系很棘手。
最近这样的想法占据了我的心。

所以，才有了“很想知道此刻留在我身边的人，究竟会一直陪在我身边到何时”这样有点愚笨的想法。

因为我现在从事的工作实在太过忙碌，所以无法和过去经常见面的朋友相会。这样下去，我会不会在不知不觉间，追不上朋友们所累积的回忆，然后渐渐被遗忘，这真是让我感到不安。

这样的烦恼，近来总让我彻夜难眠。

为了遥远的未来，
我是要承受这一切，过着像现在一样的生活；
还是应该放下一切，
照着心之所向，去行动、去生活。

这些丝毫不可能解决的混乱，让最近的我十分疲惫。虽然没有什么话想说，但还是想突然发个消息给想念的朋友，问问他们最近在做些什么，和他们聊上几句。看着朋友们贴在社交网站上那些没有我的照片，我开始想要一点没用的小心机。

基于这样的心情，我前所未有地深刻感受到人际关系的重要性。

“因为你很忙，我当然能够理解”，朋友这句话我当然很感激。“你已经做得够好了，不要在意别的事情，专心做好你的工作吧”，恋人的这段话也让我感到很窝心。

在这些痛苦之中，我期待的事情其实是：

现在几个为数不多能够安慰我的人，
能够不要改变而已。

希望他们能够稍微等我一下。

等我到一定的位置之后，等我拥有足够的能力，可以报答那些令我感激的人就好。真的只要等我到那个时候，我就能够加倍报答，我所收到的所有安慰与鼓励。

一年四季
都想和
同一个人共度

一年四季都想和同一个人共度

即使每一个季节之间
温度都在变换
心却依然不变的人
我想爱这样的人

在樱花盛开的美丽季节，能够一起到哪里走走
在炎热的季节，能待在凉爽的冷气房
一起轻松看部电影

在微凉的季节能够贡献彼此的胸怀
让对方不感到寂寞

在说话都会冒烟的寒冷冬季
将紧握的双手放进大衣某一侧的口袋
在路上买个热腾腾的鲷鱼烧彼此分享的人

我想和这样的人谈场特别的恋爱
即使在别人眼里并不是很特别的情侣

但对我们俩人来说
这世界比什么都特别
或许彼此
就可以成为彼此的小世界
想谈这样一场有品味的恋爱

（给需要温暖安慰的你）

3

在疲惫一天的尾声

真的，
做得很好

你做得非常好

你至今曾缔结或斩断的
每一段人际关系

一早起来拖着沉重的身躯
有时甚至饿着肚子面对的每一件工作

那些担心被别人远远抛在身后
而费尽心思的每一个瞬间

你都做得很好
真的

每个瞬间
都是你

我的每个瞬间都是你

身陷情网的时刻
痛苦万分的时刻
甚至是离别的时刻

你是我的世界
是我生命中的每一个刹那

如今若失去了你
那么我或许
会不知该如何阐述我至今的生命

竭尽全力的
日子

最近真的有很多改变

留在我身边的人换了一批
我前进的方向和过去想走的路截然不同
会联络的老朋友，如今也变得有些尴尬
在没能见面的时间里，逐渐砌起了一道墙
现在只是开始能看见那道墙而已

不懂事时不将家人的关心放在心上
但现在那却成了我唯一的归属
现在也开始经常
对眺望远方的自己问些烦人的问题

我不是说不满意现在的生活
现在已经充分弥补了自己的不足之处
实现了过去的愿望，该放弃的也果断放弃
爬到了自认为靠近特定目标的高度
在可以说还算不错的生活里向前迈进

但如今独处的时光越来越多
怀念起无数的过往
却成了最大的问题

过去和朋友说过的那些
掺杂粗鲁内容的没营养对话
以年轻为借口，故意不跟家人一起度过的时间
比起金钱，更喜欢和朋友一起
到凉爽的溪谷踩踩水、一起欢呼的过去
这一切都令我深刻地想念着
这是近来最令我难受的事情

我明白我缅怀许多事物的此刻
总有一天也会成为怀念的过往

所以我不断下定决心

总有一天要让这些折磨我的现在
成为令人怀念的过往
努力填补这个空虚的当下

反正都是要怀念的时光
那么比起充斥着留恋与遗憾
更希望它
能成为充满美丽的追忆

希望现在这个当下
能够总是全力以赴

我的世界
依然很幸福

似乎已经过了许久，久到以“漫长”来形容这段时间也不足为奇的程度。我发现了一些你所留下，早以为已消失殆尽的痕迹，这让我感到十分惊讶。

其实我在和你分开之后，就成了听着甜蜜情歌还是会感觉悲伤的人。听着这些歌，总会想起你借着醉意温柔抚摸我的头，会想起你可爱地恐吓我说：“我是第一次这么喜欢一个人，千万不要太迎合我。”
我会想起你穿着和我一样的衣服，坐在巴士上前往你深爱的海边，低声说你将所有时间交付予我后沉沉睡去时，会想起我们即使天天在电话里分享日常，却还是有多到数不清的话想对彼此诉说，丝毫感受不到时间的流逝。

有一些歌词很美的歌曲，能将这些美妙的过往化作追忆，这话听起来或许有点悲伤。我今天莫名有些讨厌时间这个东西，它明明就照常流逝，但为什么却不把记忆中你的微笑、充斥着我整个世界的属于你的气息给一并洗去？
我带着希望你不会继续不幸的心情放开你的手，但代价却是我痛苦了这么久。真是残忍。从献出彼此所有宝贵时间来相爱的关系，变成只为其中一人的幸福，而使另一人不得不痛苦的关系。请你千万要过得很好。你依然很美，虽然有点难过，但比起在我身边，用着像孩子一般的表情对我说爱时看起来更好。你那原本像是刻意漆上粉红色的眉眼，如今看来都散发着春天的气息。

对，现在我们不再相爱，
你在新世界里谱出美丽的协奏曲。
而我依然在这个世界，
艰困地喘息着，
偷偷思念着你。

我啊
喜欢看你笑的样子

看见你的笑容，我总是觉得很新鲜
而且无论是哪个季节

只要当下我爱着某个人
那么那个瞬间
转眼便成了最舒适宜人的温度

我想
去爱

爱人这件事
就是在他人心上烙印我的生命
而我烙印其上的生命，很快会成为那个人的生命的一部分
再过不久便会走进不能没有彼此的世界
爱情就是这么危险的尝试
但同时也是不愿用任何事物交换的幸福

所以才想去爱
尽自己最大的努力，以真心靠近
如果打算以摇摆不定的心情去寻找幸福
那随之而来的风暴，将会席卷并摧毁整颗心

要像捡拾容易破碎的落叶一般小心翼翼
有时又要像解出正确答案一般充满自信
然后偶尔也要想着我和这个人的相遇
或许是冥冥中自有安排的命中注定
珍惜着将这份爱延续

再没有什么事情
是比爱着某个人或成为某个人的所爱
更近似于令人目眩神迷的奇迹
只望你，能好好珍惜这份心意
继续成为彼此的世界

若遇见能让你坚定信心承担这一切
并让你在承担的同时
也还想继续去爱的人
届时你可以将自己完全交付给这片海洋
那至少能让你感到幸福
或者能成为你过去与现在的人生
甚至是未来继续活下去的原因

包括深深爱着他人这件事
以及成为他人挚爱的这件事

给你的
感谢

一切就像是顺水推舟
不，这并不是我的错觉，我只是有这样的感觉
我只是抬起了脚，却像搭乘着什么一般
眨眼之间跨到了下一个阶段

我觉得这应该是托某人的福
明确地知道那个“某人”是谁
则让我更感到兴奋

我干瘪的手掌
再度充满生机一般变得温软
我简直置身另一个次元

仿佛成了我的最近
我的季节
我的一切
真是感谢你

我终于领悟至今所经历过近似于死亡的痛苦
都是为了拥有你
打从心底感谢你让我领悟

我早已开始感到心痒难耐
因为我已开始期待着
和你共度的遥远未来

与人
相处

与人相处时
偶尔必须把想说的话
吞进肚子里

并不是因为在那个状况下
这是最好的选择

只是因为害怕
那个人
有可能会讨厌自己而已

为了
不互相伤害

人和人之间，如果只是单方面抱持着迫切与爱意，那总有一天会让其中一方受重伤。所谓的恋人，并不是单方面努力就能延续的关系，但很多人却习惯抱持着“他会一直喜欢我，我不需要表现出迫切的渴望”这种安逸的想法。只有这件事请各位务必牢记：

那些为我付出无限爱意的人，
总有一天会感到疲倦，
会转身离我而去。

我的
使用方式

我是个嫉妒心还蛮强的人。

而且自尊低落，所以和别人恋爱时，总会执着于一些微不足道的小事。希望和我交往的人永远只看着我一个，而且不要对我以外的人表露出亲切，这样的渴望充斥着我的心。

我知道这所有的渴望，很容易被看成是种自私的想法，但希望对方能用满满的爱来填补我这些缺陷的渴望，或许未来也不会消失。

所以，

如果你对我是真心的，

或者你是带着真心接近我，

请你千万，

要非常珍惜我。

让我不会再为了残忍的爱而受伤难过，求你。

时间离去后
所留下的

"现在想起那个人
会觉得他并没有那么坏"

即使已经分开
即使已经成为陌生人

但时间
总是会留下对方最好的样子给你

所谓
美丽的恋情

美丽的恋情其实并没有很特别。

就只是知道彼此喜欢什么食物；知道彼此偏好什么类型的电影；光看通讯软件中的语气，就知道对方此刻的心情；只凭电话里的声音，就可以猜出对方正在做什么事；还有当恋人和其他异性谈话，在社交平台上互相留言时，会因为在爱情中那不成熟的一面作祟，而吃个可爱的飞醋。

就像这样，
走进彼此的日常里，
一起做一些超级琐碎的小事，
就是所谓“美丽的恋情”。

抬头仰望的
天空与傍晚

众人认为那还不算是早晨的黎明时分
是你逐渐西沉的傍晚
连你这番熟悉的样貌都感到陌生
悲伤又哽咽地问着要我如何将这一切吞噬的
是我渐渐清晰的傍晚

就连声嘶力竭鸣叫着的知了，都好奇我们的故事
在忧郁的日落时分
仍无法加快脚步逃离的乌云
带着静悄悄的步伐，想借着时而倾盆的大雨
偷偷洗去那如针一般坚固的回忆与留恋
我这番模样
宛如因秋天的声音
而提前开始害怕的秋叶

你只需要看着自己的前方

现在

要真心感谢留在你身边的人

即使无法经常见面

却知道要在你身边出声为你加油的人

不要对恨你的人或你恨的人

浪费宝贵的情感

你就当作是报答他们对你的信任

专注于你自己的人生，认真活下去就好

了不起
的人

今天那些难受的事情
并不是到了明天就会变得不在意

因为这世界上存在着很多
无法用我们的常识说明的事情

即使如此，面对这杂乱无章任意妄为的世界
你却能时而悲伤，时而开心地笑着
努力每一个日子
或许你真的是个很了不起的人

你，
真是个
美丽又出色的人

你，真是个美丽又出色的人

会令人惋惜你因一段不好的恋情而受伤
若你被一个错的人拖累
也会令人感到十分不值

我们其实
都有着属于自己的魅力

随着是否能在适当的时间与地点
好好表现出这些魅力
他人对你投以的目光也会截然不同

所以你啊
肯定拥有十分庞大的魅力
只是没有掌握展现这份魅力的方法

你的确是一个
比任何人都要美丽且出色的人

所以从现在起
你可以有点自信
可以更抬头挺胸一些
不需要刻意贬低自己

肯定会有些人因你的痛苦而悲伤
也肯定有些人已经察觉你的魅力
更因此开始喜欢你也说不定

比起责怪自己做得不好
我更打从心底希望
你能够成为真心称赞自己的人

因为太想
去爱

因为太可爱而满意

因为太满意而喜欢

因为太喜欢而爱

所以从现在开始我想试着放手去爱

想试着去爱你

或许，
是一种魔法

我带着真挚单纯的心去爱的人身上
总是散发一股莫名的香味

我喜欢这股香味，究竟是因为那是他原本的味道
还是因为我喜欢他的全部
我其实并不清楚

但唯一能确定的是
在所谓的爱情里放入真心之后
那些无法用言语说明，如高深魔法般的事情
就会理所当然地发生

小感动的重要性

请让女友经常产生一点小感动。

即使不是纪念日也没关系。在那些不特别的日子里，互相做一些意想不到的事，反而能产生更大的感动。要约会的时候，比约定的时间更早一点出现，准备一束适合当天氛围的花束。收到那束花的女友，脸上会露出不输花一般美丽的微笑。

比起送昂贵的礼物，不如送她一封带着满满诚意的手写信，就算写出来的字歪七扭八也没关系，爱并不是来自于字的好看，而是来自于写那封信的时候，思考着该写些什么的认真面容。当然，没有人不喜欢昂贵的礼物。虽然如此，收到礼物时的感动肯定更巨大，因为那能够代表真心。

俗话说，
良言能抵千两债，所以请经常对女友说些好听的话吧。“太常说爱，对方会习以为常”这句话是错的，情人之间互相说爱，从来都是正确答案。

所以，
爱你和谢谢你这两句，
是绝对不能吝于表达的话。

还有，恋爱的时候，肯定会遇到伤害感情的事，也会有因为太过郁闷，想大声发泄怒气的时候。但遇到这样的情况，请不要随意发火、飙骂脏话，要先用冷静的语气说服对方。女友也会真心对你感到抱歉，如果她真心爱你，就会因为你的态度而大受感动，不会犯相同的错误而让你难过。

请务必记住，
有时候一些小举动，
就是最伟大的爱情表现。

这个春天
很像你

春天来了

让我爱的人

变得更可爱的季节

我爱你的方法

如果你爱的人
吵着说想见面

别问理由
赶快飞奔到对方身边

这么做，就是我爱你的方法

这是我所能给的
最佳回报

你稳定了我的世界
当我无法以平常的方式去做事时
你总会在我身后，温暖地拥抱我

即使我总是会视当下的情况将你推开
你还是不停地主动靠近我、接纳我
让我在面对这个仿佛再也无法战胜的世界时
能够堂堂正正、抬头挺胸
让我那本没有一丝光芒的凌晨
幻化成为像白天一样温暖

对我来说，和你这样相处，至今仍像一场梦

所谓爱情的热度
究竟可以持续多久，没有人知道
甚至无法猜测

你和我，我们的爱或许
只能用具有比永远更广大意义的字眼来形容

所以我希望能够尽早
正视这个如梦一般的现实
我应该将自己的一切交给你
这是让爱着你的我，以及爱着我的你
能够一辈子相爱的最佳方法
我心知肚明

我不会忘记现在这份幸福
我会尽最大的努力去爱你
跟你约定

希望我身边的人
一直都是你

希望我身边的人一直都是你
可以一起去看想看的电影
可以一起去社交平台上掀起话题的美味餐厅
可以一起分享毫无来由忧郁低落的夜晚

希望那个对象未来也一直都是你

即使积累了许多不快而争吵
但我也不希望对象是除了你以外的人
即使要努力磨合彼此的个性
我也希望那个人是你
我在脑海中所描绘的未来
并不希望和除了你以外的人共享
当我有了想做的事情
会相信我、会为我加油的人，希望是你
就像至今我们对彼此的好

希望我们能守着至今累积的信任与信赖
未来也一直在彼此身边幸福下去

我曾经想象过与你分手的情景
这样的事情光是想象，就令人怅然若失
所以我希望未来
我可以对我们的关系投注更多的努力
也希望你和我有相同的想法
希望你也能真心对待这段关系

我是希望

这些期待与烦恼的对象
让我彻夜不眠
都想好好疼爱的对象

是你

粗枝大叶的人

就把我们的尴尬当成是一种美丽吧。
即使是错觉，也要这样相信。

就这样欺骗自己，最后把谎言变成现实。我们就这样相爱吧，即使不懂事也无妨，爱情绝对不是精心计算的感情。
我们要摆脱平凡。不，我们要特别但接近平凡。要漫无目的地闲晃再突然停下脚步，然后试着转身离去。如果这段关系好像要看到终点，那就紧紧闭上眼。

对，就让我们像这样，
分享这世上最粗枝大叶的爱情。

即使我们争吵，
也不要转身离开彼此

即使我们争吵，也不要转身离开彼此

即使我们因为争吵而开始怨恨对方
也只要怨恨一下下，然后迅速恢复成像过去一样
彼此相爱的关系
不要把那短暂的怨恨一直放在心里
只要想成是擦身而过的冷风

要像我们一开始约定的一样，永远在一起

遇见命运的几率

人生有很多机会
都是悄悄降临
再静静离去

其中能够谈上一段
命定爱情的机会
可说是少之又少

能够察觉到这渺茫的几率
抓住名为你的命运
或许我就是世界上最幸福的人

人生的决定权

为什么你人生的决定权
并不是掌握在你手上，而是掌握在别人手上

你的人生由你来决定

无论是什么，都必须依照你的想法
因为这样即使后悔也心满意足

每个人
都是这样

有笑的时候，有哭的时候

有心中充满感动的时候

也有心如死灰枯槁的时候

这件事

任谁都不会有例外

只是
暂时的

只是因为暂时下雨而悲伤
只是因为暂时下雪而冷到生疼
只是因为夜晚暂时降临而失去方向

待不久后雨停，天空便会再度晴朗
待不久后雪停，气温便会再度回暖
很快美好的早晨就会再度降临

这没什么
真的只是暂时而已

将世上的美丽
都送给你

眼睛所见的一切都变得珍贵
晴朗的天空、空中的云朵
以及云朵之间的阳光都如此美丽

因为这就是爱

我们好像
经常吵架

我们刚开始恋爱时，就像一般的情侣，忙着和对方说爱你，即使对方做错也会说没关系，只要以后别再这样就好，不会和彼此争吵。

但是啊，最近我们变得有点奇怪。经历一次大吵之后，就经常因为十分琐碎的小事而吵得脸红脖子粗，也常对彼此大呼小叫。

我确实还很喜欢你，
而你也确实还很喜欢我。

男女交往久了之后，熟悉感已经大过于悸动，开始对一切感到习以为常。是因为我们已经太熟悉彼此、相处起来太自在，所以才失去了对彼此的关怀吗？

但幸好，我们吵过一次之后并不会冷淡太久，很快就会和解，然后像平常一样，继续笑闹、享受幸福。

所以我们就约定一件事吧。无论再怎么因为频繁的争吵而感到疲惫，也不要有人开口说分手。

别把现在这份“熟悉感”，
误以为是从此不再爱对方。

我们再怎么熟悉彼此，都是截然不同的两个人，要怎么事事都磨合得完美无缺？即使争吵，也不要只是争吵，要当成是了解彼此的过程。我真的很喜欢你，如果你也很喜欢我，那希望你也和我有一样的想法。

我们不要像那些因为小争吵就分手的笨蛋一样。

“口气”
请不要改变

“口气”请不要改变
你下意识以生硬又冷淡的语气说出的话
会带给对方比想象中更大的伤

口气改变这件事
就代表对彼此的爱
也已经有一定程度的冷却

所以即使过了一段时间，最基本的语气仍不能改变
改变的虽只是你的语气
但对方所承受的痛苦和产生的想法，却一点也不单纯

期待落空的夜晚

“明天会幸福吧”
其实我知道明天
会像这句平淡的话一样普通
但今晚还是抱着希望可以幸福的期待
进入梦乡

最近的夜里
总是充斥着担忧

我只是因为不想要被讨厌，所以故意忘记生气的方法

我忘了生气的方法。

从某一刻开始，遇到会让人生气的事情时，我总会爽快地让大家见识我不生气的样子。小时候说生气就生气，说哭就哭的我，到了一定的年纪之后，却开始无法轻易表露这些情绪。

为什么会变成这样呢？
我仔细想想，最大的原因，
应该是“不想被某人讨厌”吧。

如果我发了一顿很大的脾气，对方肯定会开始讨厌我，而我真的很不喜欢因为这样被讨厌。我并不坚强，没办法在被讨厌的情况下还把事情尽力做好，这一点我非常清楚。

所以我才习惯了不生气。
结果却忘了生气的方法。
在不知不觉间，一点一点地忘记……

我们的生活

我们的生活
要随心所欲
或许才是最正确的方向

即使口袋不够深
但还是要毫不犹豫买下自己想买的衣服
平时想吃的食物就要立刻去吃
不要太过烦恼

有人让我生气
别像傻瓜一样默默忍着
要明白讲清楚
到底是哪里不高兴

不想做的事
可以不用勉强
不必硬是拨出时间

去跟那些
自己不喜欢的人见面

爱意要即时传递
别让未来的自己后悔
想念谁的时候，就要表达自己的思念
这样生活才是最棒的

毕竟是不能从头再来的人生
如果充满委屈和遗憾
这么宝贵的人生，若成天只是看他人的脸色
过得痛苦万分
那会多么难受、多么孤单啊

所以抬头挺胸，大步往前跨出去吧
你比你想象的还要棒

失去主人的记忆

由于你至今
仍悠游在我过去的记忆中
因为你以美丽依旧的姿态
活在我的每一分每一秒中
所以我才忘不了你

只是担心
万一我将当时的记忆都遗忘
那么你将会永远
被困在没有主人的记忆里
孤独终老

我真的很恨你 

因为我知道
遇见了命运，让心安定
是多么不容易的事

因为我曾经
以为你就是我的命运

分开的理由

分开的理由
不容许任何的借口
无论是如何辩解
或说自己没有做错，将责任转嫁到我身上
最后终归是因为
从此不再需要对彼此付出爱情而已

你不断逃离我身边
而我也找不到挽留你的理由
就这样
我们迎来心痛的离别时刻
分开之后无法接受事实的我
以及一脸早知道会这样的你
真的是存在于同一段时间、同一个空间里的人吗

这一切都太过截然不同
而我们究竟是用什么理由坚持了这么久
迟迟不肯放手、不断伤害彼此

我们望着瞬息万变的乌云
就能知道很快要降下大雨
看到带着窘迫表情步伐拖沓的行人
就能知道他今天肯定过得乱七八糟
但为什么看不出来
近在咫尺的那人，心早已冷却的事实，究竟为什么……

是啊，行为举止假装像没有分手的我们
最终发现这只是一场空
我们真正的心声，其实是“再也不爱彼此”

（给因为人、因为爱而受伤的你）

4

再见——我的每个瞬间

我决定
再一次站起来

今天即使倒下数千次

也不要认为自己永远不会迎接美好的时刻

不要责怪自己

即使摔倒受伤

只要咬着牙假装从来不曾受伤

再站起来就好

等待着降临你身边的幸福

你只要做好准备

当幸福来临时

让自己能彻底地接纳它就好

你做得到

我们，已经决定再一次站起来了

因为喜欢你
所以我很不安

我啊，因为太喜欢你了，所以很不安。

感觉你会厌倦我、离开我，即使我比任何人都清楚你并不是这样的人，但我似乎无法阻止自己的不安。在我眼里，你是这世上最美、最棒的人，我很担心在他人眼里，你也是这样的人。

本想对你诉说这样的不安，却又觉得我太执着，而无法轻易把自己的心声说出口。托你的福，我最近过得十分幸福，整颗心暖洋洋的，甚至不能理解自己竟能喜欢一个人到这种程度，但也因为太喜欢你，所以感觉很不安。

如果说我有什么愿望，

那就是希望你也像我一样喜欢你，

希望你能让我爱得更踏实。

只要这样，只要这一个愿望。

那我就能放心，

用尽一切去爱你。

谈恋爱的时候
彼此会相似得
令人惊讶

恋爱的时候，两个人会渐渐相似到令人惊讶的程度。

男女之间因真心相爱而展开一段恋情之后，在一起的时间越久，相似的程度就会越令人感到惊讶。起初觉得“这个地方和我有点不同”的事情，在不知不觉间会越来越相似，身边的朋友会越来越常说“你好像跟你的另一半越来越像了”。

其实人原本就是这样，
真心爱上某个人之后，
会在不知不觉间，
模仿那个人的行为和语气，
据说这是人的本能。

总之，我想这是坠入情网之后，在一起的时间变多了，彼此对话的时间也多了的缘故。

不过如果你正在恋爱，也在不知不觉间模仿你恋爱对象的行为或语气，这就是你真心爱着这个人的证据。

还有，如果你真心爱着的对象，谈吐和举止也和你越来越像的话，那绝对可以称之为命运或奇迹。若是看到这样美丽的缘分，我们应该称赞他们是“天造地设的一对”。

你过得好吗

“过得好吗？”

不知道按捺了多少次想问候你的冲动。又不是喝了酒，也不是从别人那里听到你的消息。但最近真不知道为什么，总是怀念你短信里的语气、你电话里的语气。

我们分开好像已经过了半年多一点儿，但我似乎依然无法承认我们分开这件事。如果不是这样，你的身影不可能始终清晰地留在我眼前。

那是我们交往还不到一个月时的事情吧，你直勾勾地望着我的双眼说：

“你眼睛底下有颗爱哭痣，所以你才这么爱哭，我现在突然发现你的眼睛很好看。”

你这句话让我害羞了起来，不得不用手遮住那张像喝醉酒一样红透了的脸。但现在想起当时你对我说的话，却是讨厌得恨不得将它从记忆中消除。每天看着浴室里的镜子，发现呆站在那儿的我眼睛底下的这颗痣，都会让我感到挫折。你仅仅用“你的眼睛很漂亮”这样一句话，就能每天将我击倒在地。

你某天忘在我房里的 iPhone、你送我的小盆栽、你放在我书架上那些难懂的小说，满是你的痕迹。我无法果断地丢掉它们，也无法轻易地将它们拿出来缅怀，真是个令人怨恨的夜晚。

那你呢？

你在习惯性打电话给我的那个时间，都在做些什么呢？下班后踏上回家的路时，你总会和我通电话，现在你都怎么度过那段安静的时间呢，我感到很好奇。

当担心我的人鼓励我时，我总回答说“没关系”，试着摆脱对方的安慰。还会当面呛对方说“分手至今超过半年，还走不出来的话那就太夸张了”。但其实我内心却不这么想，别说是半年了，我丝毫看不出现在这样的心情，在一年之后会有任何改变的迹象。为什么分开之后，我还无法放下那不值一提的自尊心，总是刻意忽视你呢？为什么导致我们分开的原因，我至今仍无法改善，只是带着对你的留恋，在离你很远的地方黯然神伤？我真的只是很怨恨这样的自己。

至今，我还没办法说出“祝你遇到更好的人”这种谎话。至今，我还无法放下“我能够成为你喜欢的人”这种幸福的幻想。当然，那些时光都是无法挽回的过去，我心知肚明。可偶尔，真的很偶尔，我会怀念你看着我露出美丽笑容的脸庞。如果能用我的手，再一次碰触到你那总是清晰浮现在我眼前的笑容，那该有多好？只要这么想，我便会不自觉微笑。

今天格外想你。你可能会想，事到如今说这些还有什么用，我真的感到很抱歉。让总是无条件支持我的你受伤，我很抱歉。至今我还是将自己的痛苦摆在第一顺位，因为你无法陪伴在这样的我身边而怨恨你，请原谅这么自私的我。

虽不知道你怎么想，
但我至今，
依然期待着奇迹。

不知道这没有期限的等待，究竟会折磨我到何时，但我会默默地等着我俩的重逢。所以在那个时刻来临之前，我们都不要被打倒，要过得幸福。在帮助我们再次相遇的机缘来临之前、在我们能再度望着彼此微笑之前，要尽力让自己过得幸福。这是我想对曾经是我的一切，占据我整个世界的你说的话。

也是或许一辈子都无法让你听见的心声。

你是
非常有魅力的人

如同你每天彻夜不眠
思念着某一个人
肯定也有人像这样思念着你

而对某些人来说
你也一定曾经
是让他爱得像看见彩虹那般幸福的人

受多少伤，
就会变得多么坚强

若被人抛弃

有人会渐渐变得脆弱

但也有人会克服那伤痛

变得更加坚强

我真心地

希望你是后者

如果有人跟你说声不要紧

当你想着不管是谁都好
只要能来跟我说一声不要紧就好时
我希望我能成为那个人

我想对送走了爱人而感到空虚的你
我想对因为被重视的朋友背叛而受伤的你
我想对无法实现目标而感到挫败的你

说声真的不要紧
难过只是这一瞬间
我想这样安慰你

我想成为你迫切寻求的“某个人”

不能为伤痛
赋予意义

若曾经重视的人，在我们身上留下了难以抹去的伤痕，那我们必须承认那道伤口，并且依照命运为我们决定好的痛苦下去。

无论是心上的伤，还是留在身上肉眼可见的伤都一样。当心受伤时，来自周遭的安慰话语，只是帮助伤口快一点愈合的简单治疗，绝对无法让伤口彻底痊愈。

所以我必须先成为自己的后盾，安慰自己、担心自己、拥抱自己。剩下的，就只能交给一如既往流逝的时间。身上的伤口也是如此。

感激的是，随着时间流逝，心伤渐渐痊愈之后，我们可以看着那残存的浅浅疤痕，下定决心。

“绝对不要在同个地方，
留下同样的伤口。”

只要这样就好。

已经受了伤、花了时间让伤痊愈，留下浅浅的疤痕，只要这样就好。不需要为伤痕赋予意义，硬是让自己继续痛下去。

只要记住当时的痛楚，并且别让自己再一次因为类似的爱而受类似的伤就好。

致已经成为
陌生人的恋人

致现在真的成为陌生人的旧情人：
我想对一切说声抱歉。

无法像我们最初约定的那样爱你直到永远，在你离开前狠狠伤害了你，之后却从来不曾以想念为借口去找你。
真的很抱歉，我希望能随着这一切的离去，求得你的原谅。所以偶尔，真的是很偶尔，我会整天怀抱着内疚的心情。

当时我们真的很幸福。

我想这样对你说。即使现在这些都只是早已褪色且虚幻的过往回忆，但当时，我们真的毫不后悔地用心度过每一天。

仅仅是握着你那小巧美丽的手，就仿佛有人拿着橡皮擦将一切擦干净一样，让我积累了数天的疲惫消失殆尽。

当时我们共度这么多梦幻时光，怎能仅仅是因为分开这个理由，而在一夜之间让这一切化为乌有。我至今，还是偶尔会带着浅浅的微笑，想着当时的我真的很幸福。但即使只是偶遇，我也不希望再一次遇见你。

因为最后我们对彼此那么不堪，以至于我不愿再想起当时的情景。那样难堪的分手，我不愿让任何人知道。分开之后，我努力假装看不见你依然清晰的身影，我尽一切的努力，只为承受这份痛苦。

此外，还有数也数不尽的负面想法，让我不愿意再度面对你。我心里不再有你的位置，所以即使是偶然，我也希望我们不要再有机会见面。若你也曾因为我，经历一段这么痛苦的时光，那你就会明白，为什么我不得不把话说到这个地步。所以千万请你，要假装我们没有活在同一片天空下，假装我们并不是过着相同的季节。

即使我正过着 12 月的寒冬，
你也要像 6 月的盛夏那般，
过着与我截然不同的生活。

这是唯一能让我们在彼此身边以外的地方，也能过得幸福的方法。

分手后
情感的改变

分手之后，时间的流逝真是令人感到神奇。

当时真的猜不透那个人究竟为什么要抛弃我，但过了一段时间再回想起来，却反而无法理解当时的我为什么就是死撑着不肯放弃那个人。

现在回想起来，
觉得当时放手真是一个正确的决定。

我怀念的

或许，我怀念的不是你

而是当时的气氛，类似逝去的季节之类的

还是得要摆脱你

我想，干脆由我先断了联络。

反正无论我做什么选择，你似乎都毫不在意，我只想要尽早摆脱这像身处无人岛一样的爱情。
你一点也不在意我焦急等着你的联系，整天没有半点消息早已是家常便饭。以前无论去哪儿你都一定会向我报告，但现在你和朋友去旅行我却毫不知情。

现在你的所作所为，
真的非常过分，
你究竟有没有一点自觉？

今天特别想听你的声音，所以打了电话给你，但你却没有接，你是否能懂我当时感受到的失落？如今我也想从这以爱情为名，却彻底将我吞噬的地狱中离开，迫切地渴望着。

你别太恨我。不，你没有恨我的资格。你毫不犹豫地蹂躏了我们当初所做的美丽约定，而我也只是不再有心力将它重新拼凑而已。

结果我们的爱，最终却成了我独自一人认真经营的感情。就连分开，都必须由我独自完成，这虽然令我感到委屈、感到痛苦，但我不愿再有留恋。所以，希望有一天，你为我的离去而感到遗憾，焦急地找寻我，届时我会明确地让你知道为时已晚。现在的我有多痛，届时我必定加倍奉还。

现在真的结束了，我们的这份爱。

只有自己
微不足道
的时候

有时候，会感觉只有自己微不足道

好像只有自己的步调很缓慢
同年的朋友们都已经迈入下个阶段
好像只有我一个人，还停留在这个地方

这种感觉越强烈
就越需要不断对自己说
我相信自己

即使是荒唐的自信也好
要告诉自己，自己并不差
会成为比那些人更成功的人

现在感觉自己微不足道
只是准备的时间比别人长一点而已

你要记住这些能帮助自己恢复自信的话

并不是进度比别人慢一点
就代表整个人生都毁了
更不是那些人比你拥有更多的东西
就会让你未来要做的事消失殆尽
请你一定要铭记在心

不要担心
你未来所能选择的道路，比他们多上更多
跟他们相比，你有更多机会从失败中学习
感受成功带来的快感

别太怨恨现在这一刻
总有一天这一刻的感受
会成为滋养你的重要养分

好的
缘分

不要对累人的关系有留恋

好的缘分是即使让你等待

也不会令你疲惫得想要放弃

用气味
记忆的人

这凉爽的夜晚空气

莫名地令我想起了你

我想你真的是一个只靠气味，就能让我忆起的人

在这个季节来临时

或许会想起一个曾经让我深爱的人

或许会想起一个令我感到憎恨的人

不会来的
联络

我们的生活并非那么悠闲
没有时间和没兴趣的人联络

所以那个人不联络你
就代表他并没有时间或想法
把你拉进他的生活里

痴痴等着不会来的联络
你，以及等待着的此刻，实在太过可惜

很辛苦吗

是否独自一人感到孤单呢
是否没有再站起来的力气呢
是否泪流不止呢

那么就去找一直被你遗忘的
最重要的人
握紧他的手吧

那一刻你的心
将会温暖得令你难以置信

毫不后悔的
恋情

那是让人怀疑一切是否真的能这么美好的梦幻恋情。

但爱得有多美好，冷却的过程就有多难受。撕心裂肺的分离，就像是要为美好过往付出代价。我花费长到令人难以置信的时间，只为了接受这个事实。毕竟相爱时和分开后，对时间的感受截然不同。而同样的两个人对彼此所产生的感情，在分手前后也有了令人难以理解的巨大改变。

当时间流逝，

所有的情感都彻底衰败时，

我有了这样的想法：

那份爱与那个人，
绝对不是一场空，
而是为了让我遇见更好的人，
谈一场更美好的恋爱，
给了我一个有一点痛的提示而已。

虽然我因为他成了个有点一板一眼的人，但也因此成了更坚强的人，这样就够了。我不会再以不成熟的心态面对爱情，真的只要这样就够了。

现在我不恨他，当然也不喜欢他。从此他对我来说，只是过去曾经来往过的人而已。所以，希望他也可以别再恨我，把我当成是擦身而过的季节就好。

对，只要这样就好。

当时的
一切

对他，我不再感到惋惜

所以此刻
令我椎心刺骨地想念着的
并不是当时的那个人

我所想念的
是除了那个人以外的一切

当时的我

当时的季节

当时的情感

一切的一切

曾经是
一切的人

有这样的一个人

只要能见上一面，仿佛就能感到幸福
但同时也想尽快遗忘的人

仅仅是回忆起他，就感到十分痛苦的人

想要全部遗忘
却又无所不在的人

我说
你啊

我说你啊
是个能力很好的孩子
一定能够做得很好
是个有着迷人的魅力
能令人心动不已的孩子
可以过着幸福的生活

我所认识的你
确实
是个拥有多元价值的孩子

懂得承认自己错误的人

恋爱呢
要和能果断承认自己错误的人谈
别找每件事都只会用牵强的借口辩解
用一副差劲的态度不承认自己错误的人
应该要找那种在心爱的人面前
稍稍放下一点自尊心
也不会介意的人

但并不是不分青红皂白
只会随便道歉了事的人
而是能温柔说明所有状况
让不开心的恋人能很快接受这一切
同时懂得用诚意与美言道歉的人
一定要找一个这样的人

我说出
心中的不满，
你却……

你总是像口头禅一样把这句话挂在嘴边

“如果有什么不满不要放在心里，要说出来”

我相信了这段话，把自己的不满告诉你
但你却总是斥责我，令我更不开心

这就是原因
我总是隐藏自己的真心
最后导致我们分手的原因

干脆
什么都
不知道

干脆什么都不知道

不要察觉我喜欢上因缘际会认识的你

不要意识到你也对我抱有好感

更不要知道我们会变成一对情侣

也不要知道我们曾经那么幸福

但在每一次吵架时，你都会一点一点

收回你放在我身上的心

还有最后的最后，你再也不爱我的可恨真相

如果从一开始

就连你这个人

甚至是你这个人的存在

都不知道的话

那该有多好

为什么在这么多人当中，我却认识了你、喜欢上你、爱上你，最后要面临这么痛苦的分离。或许其他人在分手之后，经过一段时间，就会让这一切成为美丽的回忆，但我绝不是这样。至少，我绝对不会想用“美丽”这样的字眼，来形容跟你这个人有关的事情，也不会想要祝你幸福。

你给了我一段虚假的恋情，假装真心爱我，这罪名必须花很长一段时间才能赎清。希望你的痛苦，是我的数倍之多。希望有一天，你也会被真心爱过的人狠狠背叛。

谢谢你，
给了我机会和资格，让我遇见更好的人。

我想谈一场
不会分离的恋爱

我现在想谈一场不会分离的恋爱。

想谈不需要每一分每一秒都害怕分开的恋爱，但并不是希望刚陷入热恋时满溢的甜蜜不断延续。男女之间，不可能永远都能保持着最初的悸动，这件事我很清楚。我想谈的恋爱，希望能够重视心动之后的“熟悉感”。

我的意思是说，希望能跟懂得珍惜那美丽熟悉感的人，谈一场长久深入的恋爱。

童话般
的爱

所谓的恋爱
必须找一个
有着相似爱情观与价值观的人来当对象

虽然每个人
都梦想自己能成为童话主角
但彼此都固执地认为自己所编织的故事
才是最正确的内容

到头来总要有一方
成为故事中的坏人

请不要置女友的不安于不顾

女友偶尔会有像平常一样聊天聊到一半，
却突然吐露自己内心不安的时候。

举例来说，像是怕你突然变心、离开之类的，或是担心你多看比她漂亮的女生一眼等，因为各式各样的理由而担心。如果你的女朋友说了这种话，那你千万不能摆出一副这没什么大不了的态度。
“我不会离开，不要担心”“在我眼里你是世界上最美的，不要在意”，这些话其实并不难说出口。所以请不要因为懒得说出这简单的几句话，就置女友的不安于不顾。

当然，
如果女友总是因为同样的理由感到不安，
你可能会觉得有点累、有点烦。

但这一切都是因为爱你啊。无论原因是什么，会感到不安都是出自于对你的爱。在这世道炎凉的世界，有一个眼中只有你、全心全意喜欢着你的人，你就应该要真心感激了，所以实在不应该因为那美丽的嫉妒与不安而嫌她烦。

如果女友吃一些很幼稚的飞醋，那你也要带着满满的爱意与真心安慰她。那才是羡煞旁人的恋情，才是“真爱”。

爱情长跑的
共通点

在一起很久的恋人都有个共通点
就是他们都很清楚
跟对方联系的重要性

如同我们都知道恋爱的开始
是源自联系
也必须知道能让恋爱延续的
是联系的频率

联系的频率降低
就只是伪装成“熟悉”的“不在乎”而已

希望总是以真心相待

也因此，希望能够和你爱得长长久久

长长久久这句话
并不是延续一段无可奈何的恋情
而是即使我们的样貌有了些微的改变
认为彼此最特别的心意也不会改变
让彼此能度过每一个愉快的瞬间

希望我们的爱能够越来越深刻
希望你我的爱能够总是以真心相待

真爱的证据

此刻正在谈真爱的决定性证据，就是彼此分享的对话、肢体接触，每一个画面都让人感觉像电影场景一样。

像是一部以我为主角
以你为主角的电影

有时既平凡又现实
有时又真的像电影
独特又梦幻的爱情

如果只是跟现在和你交往的那个人手牵手散步，都感觉像拥有全世界般美好，都感觉自己像活在浪漫爱情电影里一样的话，那你确实正在享受一段称得上真爱的恋情。

如果对方和你有同样的想法，那么我们就能将这段恋情称为“奇迹”，或是“天作之合”。

唯一的
场景

和你在一起的日子里

有一个我清楚记得气味和触感的场景

那就是我跟你内心带着满满的爱

温暖拥抱彼此的时刻

我依然记得

季节经过数次更迭，那个我们匆忙为这段关系画下句点的季节再度来临。虽然当时我恨你恨到没有任何事物能够比拟，但现在却有点不同。在我的人生中，和你交往的那段时期，我的表情看起来最幸福，现在想想，确实是这样。

虽然当时我们很痛苦、很难受，
但那也是能陪伴我们一辈子的美丽回忆之一。

第一次见到你时，听说你很喜欢会弹吉他的人，所以我拼命练习弹吉他。你喜欢会弹吉他的人，而我当然希望我在你心中也是这样的人。

在你面前演奏练习了几天几夜的曲子时，你笑着抱住我的温暖感受，至今仍难以忘怀。或许无论再过多久，都不会再遇见能媲美当时你拥抱的温暖。当时我们真的很幸福。

你最近过得怎么样呢？因为完全不知道你的消息，觉得有点可惜。当时很想去海外旅行的愿望是否实现了？是否遇见一个新的好人，幸福地度过每一天？只是莫名好奇你的琐事。

虽然你或许已经将我忘记，
但我依然清楚地记得你。

如果你问事到如今说这些话还有什么用，这是因为当时我真心爱过你。你对我来说是无可比拟的珍贵。谢谢你，愿意给我温暖的拥抱。谢谢你，让我拥有这么温暖的回忆。

你要幸福。
你的笑容，
比世上任何人的都美丽。
穿上华美的服饰、吃着美食，
每天做些有趣的事情。
如果可以的话，

偶尔也想想我。

你最大的
问题

你最大的问题
就是太过信任别人
还有会将你的一切展现给别人看
以及会被那个人的小动作而影响
甚至会牺牲自己，勉强掩饰对方的错误
就算自己痛苦万分，也无法放下对方

太容易相信人

然后受伤

再因为这样的伤

彻底毁灭

这就是你最大的问题

除了祝你幸福这句话之外

再无法和你一起的此刻，
我该怎么办才好？

一早起来，滑过喉头的水成了锐利的刀刃，鸟儿叽叽喳喳的合唱，变得像演奏出连串不和谐音的钢琴一般。我们也不是恨彼此恨到想杀死对方，为何非得走到形同陌路这一步。会不会太极端了呢？

如果有什么只要说出口，就能让你回心转意的话，如果真的有这样的话存在，那么我会不计一切代价创造与你对话的机会。
但我却没有一张能说出漂亮话的嘴。

“就……就……
除了祝你幸福之外，
我不知道该说什么。”

分手这种事情，本来就是有着连被提分手的对象都不知道，比黑暗更加黑暗、更深沉的原因。不需要执着于探询分手的真相，不要因此感到受挫，就用“两人不合适”这样不会让彼此难堪的理由，将真相埋葬。

分开之后，就让我们一起看看莫名有自信的你，以及不明所以感到委屈，且早就疲惫不堪的我，怎么撑过这段时间与孤独的空虚感吧。

过去像雪球一样越滚越大的那份心意，现在只剩下对你的怨恨以及偶尔的怀念。什么都不必担心，就慢慢擦去我们那才刚离开的爱情吧。

一起幸福吧。
曾经属于你的我，曾经属于我的你。

或许离别
只是爱情的过程

或许离别

是爱情的结果，同时也是一个过程

相爱的时候不明白，无法填补的一切

在离别之后才无可抑制地爆发

如今才终于明白我真正爱他的原因

以及那个人的重要性

因为当时
不明白

因为无法彻底划清界线
所以必须承担这段关系所带来的伤
这些全都成了我的责任

当时不明白
曾经相信是合适对象的那些人
深入了解之后
其实是比昨天扔掉的垃圾更不如的存在

我最擅长的事情

像习惯一样送走某人
一如既往地承担一切

花费多少个日子
浇灌凋零花瓣的留恋

遗憾的是，这就是我最擅长的事

那样
的人

有个人我想恨他一辈子

那是我曾经爱得没有尽头的人
是如今走到了结局，再无法相见的人

同时是依然刻骨铭心的人

只有我
独自一人的恋爱

一切，都是我的错

那毫无意义的爱情
我却抱持不切实际的期待

都是我的错

不放在
心上
的爱

比起提出分手
更让对方受伤的行为

就是即使心已经冷却

却依然假装很热情
说自己还爱对方

或许，
离别

或许我们已经分开了。

因为我们的关系很难说是还在热恋中，我们的心早已无可奈何地失去了温度。见面时不知该去哪里的我们，将整个空间吞噬的焦虑感，紧闭着不愿说出心中想法的嘴，事实上已经代表了我们很快就会分开的事实。

刚陷入热恋时总觉得一天好长，傍晚 6 点和你通电话的时间，也是我的下班时间。现在我甚至觉得我们不曾热恋过，只记得不会刻意去找你的自己。

我们为什么即使对真相心知肚明，却没有人先提分手？是期待着会有某一方改变心意，用一切的努力拼命改善这段关系吗？我真不明白，或许这是神的恶作剧。而这样的情况究竟还有多久才会结束，是我近来最关注的事情。

最近虽然不幸福，
但也不太难过。
和往常一样跟你互道“晚安”，
然后度过空虚的凌晨。

有些不明所以，但又好像知道原因的悲伤涌现。为了找一个好理由让自己对这涌上心头的悲伤视而不见，我试着在房里四处翻找，却没有用。没有任何事物能转移我注意力的此刻，只有一件事情非常确定。

不久的将来我们将会分开，以及我们比任何人都清楚，我们不得不分开的原因。

谢谢，占据我每个瞬间的人

人生在世，每个人都一定会迫切渴望着爱情。每一段恋情的开始都一样，遇见了某个人、对某个人抱持好感，那个人更深入了你的心里，或者你想更深入地了解那个人，这就是让我们站上爱情起点的原因。

我也和大家一样，带着一颗寻常的心、平凡的外貌活在这个世界上，经历过书中描述的各种情绪，经历了和各位读者没有太大差异的爱情。当然，只有在他人眼里，这才是稀松平常的“普通恋情”。大家都是这样想的：我的爱情美丽得不输于任何一个天真烂漫的童话故事。

虽然爱情是支撑人生的巨大力量，但其中也隐藏着难以预测且深不见底的洞穴，或许某天我会被困在意外的悲伤之中。因此，我在写这本书的草稿之前，也经历了很多痛苦。

“想要以爱情、以人生为主题写书，
那书本身的氛围，
究竟该像樱花纷飞的春天般美丽，
还是该像落叶无力碎裂的秋天般寂寥？”

如果想要完整表达“爱情”这个词语所散发出来的感觉，那当然要和前者一样。但那些如秋天一般令人心痛的离别时刻，或许在名为爱情的这种情感之中，也占据了很大一部分。

就这样被同样的烦恼困扰了几天几夜，有个非常理所当然的想法扫过我的脑海。这本书的氛围不是由我决定，而应该由带着自己的故事阅读这本书的每一位读者来决定。我只需要毫无保留地把自己内心的想法、自己的故事写出来就好。

我希望这些内容，可以让某些人感激现在正在发生的每一个瞬间，可以让某些人缅怀已经过去的每一个瞬间。也希望对那些抱有遗憾的人来说，这本书的内容，能够为他心中那个即使到了遥远的未来，仍会不时想起的故事画上美丽的句点。

也希望能让每个人，都可以对和自己共度每一个瞬间的人抱持着感激之情。让那些困在内心深处的情感松绑，让自己坦率地面对每一个时刻。

感谢各位阅读我这些以不成熟的情感写下的文字。撰写这本书的时候，我开始感激许多事物，其中最想感谢的，是那些和我共度过去、和我共度现在，也将和我共度未来的宝贵缘分。希望你们一直幸福下去。

还有最后，

谢谢，我的每个瞬间。

献给

恋爱中的你